Dazzlers

Translated to German from the English version of Dazzlers

Elanaaga

Ukiyoto Publishing

Alle weltweiten Veröffentlichungsrechte liegen bei

Ukiyoto Publishing

Veröffentlicht im Jahr 2023

Inhalt Copyright © Elanaaga

ISBN 9789360162801

*Alle Rechte vorbehalten.
Kein Teil dieser Publikation darf ohne vorherige
Genehmigung des Herausgebers in irgendeiner Form,
sei es elektronisch, mechanisch, durch Fotokopie,
Aufzeichnung oder auf andere Weise, vervielfältigt,
übertragen oder in einem Datenbanksystem
gespeichert werden.*

*Die Urheberpersönlichkeitsrechte der Autoren
sind gewahrt.*

*Dieses Buch wird unter der Bedingung verkauft, dass
es ohne vorherige Zustimmung des Verlegers nicht
verliehen, weiterverkauft, vermietet oder anderweitig
in Umlauf gebracht werden darf, und zwar in keiner
anderen Einbandform als der, in der es veröffentlicht
wurde.*

www.ukiyoto.com

An meinen engen Freund, Dr. D. Narayana (Dubai).

Inhalt

Lebende Leiche	1
Verwirklichung	2
Die Veränderung	3
Die flüchtige Freude	4
Obtrusion	5
Empfindliches Antlitz	6
Quantität - Qualität	7
Desillusionierung	8
Die Wirkung	9
Manifestierung	10
Fräulein Fortuna	11
Absurdität	12
Haltung - Erfolg	13
Der größere Test	14
Das "Gefällt-Alle"-Syndrom	15
Die Zeit lehrt	16
Schmerz - Vergnügen	17
Gelungener Glückwunsch	18
Intrinsisch	19
Unbestreitbar	20

Richtige Abhilfe	21
Unvereinbarkeit	22
Nachahmung	23
Aberrance	24
Heilige Schluchzer	25
Anstrengung - Wirkung	26
Das Mellowing	27
Das Kernstück der Ware	28
Verärgerung	29
Versuch - Ergebnis	30
Schutzabdeckung	31
Wahrnehmung	32
Ungleichheit	33
Tarnung	34
Fluch - Segen	35
Abweichung	36
Wohnungen - ihre Rolle	37
Unterscheidung	38
Das Glück der vierzig Augenzwinkern	39
Der große Zerstörer	40
Unterschiedliche Einschätzungen	41
Glück der Harmonie	42

Die Macht des Ortes	43
Erfahrung - Konsequenz	44
Der Vorteil des Altseins	45
Brillanz - Verharmlosung	46
Oberflächlicher Glanz	47
Eminenz	48
Feuchtigkeit wirkt das	49
Wunder	49
Facebook - Ein echter Aufhänger	50
Geradlinige Scharfschützen	51
Klassen	52
Hype - Niedergang	53
Worte - Wert	54
Poesie - Dichter	55
Vorzeitiges Gedicht	56
Der Geizhals	57
Kreis	58
Encroachment	59
Der Schmerz der Schwere	60
Heuhaufen	61
Das Zeitalter der Fesseln	62
Müdigkeit	63

Externer Charme	64
Diskrepanz	65
Neue Wahrheit	66
Defekt	67
Probleme	68
Apathie - Nachwirkung	69
Wurzeln des Charmes	70
Der äußere Glanz	71
Über den Autor	72

Lebende Leiche

Obwohl ich Augen habe
 kann ich keine schönen Dinge sehen
Obwohl ich Ohren habe
 kann ich nicht auf süße Töne hören
Ich habe ein Herz
 Aber keine Gefühle sind in ihm geboren
 Ist ein Leichnam nicht besser als ich?

Verwirklichung

Ich bin wohlhabend geworden

habe ich den ganzen Luxus genossen

Aber einen Tag mit einem armen Mann zu verbringen

der ein Ausbund an Tugend ist

merkte ich, dass ich der Ärmste bin

Die Veränderung

Ich rannte mit einem Schwert in der Hand

um den Kopf eines hochmütigen Mannes abzuschlagen

Doch gerührt von seinem liebevollen Lächeln

bot ihm Blumen an,

fiel vor seinen Füßen auf den Boden

und kehrte zurück.

Die flüchtige Freude

Ich war aufgeblasen vor Freude
als ich die Oberfläche des Landes erreichte
aus einer tiefen Schlucht,
doch bald wurde ich traurig, als ich merkte
dass ich einen Berg erklimmen muss.

Obtrusion

Den Zweck beiseite schieben
drängen sich manche Worte aufdringlich
in der Poesie in den Vordergrund;
Immer sollte dieses Wissen
sollte im Geist des Dichters vorhanden sein.

Empfindliches Antlitz

Er frohlockte, er habe
die schönste Hautfarbe
in der ganzen Klasse.
Aber als ein hellerer Junge dazukam,
wurde sein Gesicht "dunkel".

Quantität - Qualität

So trompetete ein Dichter:
"Ich habe stapelweise Bücher verfasst."
Qualität, nicht Quantität ist das, was zählt,
 sollte er erkennen.

Desillusionierung

Mangel an Wohlstand ist ein Kieselstein,
Mangel an Zufriedenheit ist ein großer Berg.
Das Glück der Kreativität ist die Sonne;
Zufriedenheit des Komforts materiell,
lediglich ein Kerzenlicht.

Die Wirkung

Als er ein Gärtner war,

blühten die Jasminen in seinem Atem.

Doch als er Angestellter in einem Club wurde

herrschte nur noch der Gestank des Geldes!

Manifestierung

Ich saß in einem geschlossenen Raum,
schlug ich eine Zeitung auf.
Die Außenwelt
lag ausgebreitet vor mir.

Fräulein Fortuna

Er war untröstlich,
 denn er hatte keine Leitern
 Als die gute Zeit kam, bekam er eine.
 Aber er kann sie nicht benutzen
 da er bettlägerig ist

Absurdität

Wenn sich ein stumpfer Kopf
in einem brandneuen Benz Auto
drehen sich alle Köpfe zu ihm hin
Aber kein Kopf interessiert sich für
einen Berg von Gelehrsamkeit
der auf einem klapprigen Motorroller fährt
Dies ist nur ein gewöhnlicher Vorfall

Haltung - Erfolg

Mein Feind brüllte wie ein Tiger,
sprang auf wie ein Löwe.
Unerschrocken war ich.
Doch später, als er
eine ernste Ruhe bewahrte
zitterte ich vor Angst

Der größere Test

Ich habe meine Prüfung abgeschlossen

Jetzt bereite ich mich auf eine noch größere Prüfung vor

Was ist das?

Ich warte auf die Ergebnisse

der Prüfung!

Das "Gefällt-Alle"- Syndrom

Ich bin beunruhigt

wenn ich die Anzahl der "Likes" auf Facebook sehe

Nichts ist unsympathisch!

Ist das nicht ein Rätsel, das nicht zu knacken ist?

Die Zeit lehrt

Bis die Verantwortung mir Angst machte
Ich erkannte nicht den Wert der Kindheit
Bis ich mich in den tiefen Wäldern verirrte
Ich erkannte nicht die Freude des Hinterhofs

Nur wenn eine Flamme versengt
ist der Wert des Schnees vielleicht bekannt

Schmerz - Vergnügen

Angewidert bin ich;
 Ein Sieg nach dem anderen ereilte mich.
 Verzweifelt bin ich
 Denn die Niederlage ist mir entgangen

 Elend, vielleicht
 ist besser als schmerzhafte Vergnügungen

Gelungener Glückwunsch

Die Wüste, die
kühn dichte Wolken träumt
verdient Glückwünsche mit
Kränzen aus Regentropfen

Intrinsisch

Persönlichkeiten bestimmen Menschen

Wer den Dolch verehrt
mag kein Mitleid
Der andere, der Kaninchen züchtet
verabscheut Grausamkeit

Unbestreitbar

Wenn der Mond sich hinter Wolken versteckt

können wir es wissen

Aber manchmal können wir nicht erahnen

was sich hinter den Worten eines Menschen verbirgt

Richtige Abhilfe

In letzter Zeit erscheint mir die ganze Welt
mir schwarz vor Augen
Menschen, Umgebung - alles
ist dunkel um mich herum

Ich habe viel gegrübelt
und wählte das richtige Mittel:
Die Trübe auswaschen
der sich in mir angesammelt hat

Unvereinbarkeit

Sein Herz ist weich wie Butter
aber scharf wie ein Messer
Das Messer kann nicht weich werden
Noch kann es als Butter inkarnieren
Das Ergebnis ist, leider, -
Er kämpft täglich gegen sich selbst

Nachahmung

Das Lied ist der Ganges
Raga ist ein Floß
Noten sind Segen
Und die Reise ist freudig

Aberrance

Als ich das Leben eines armen Mannes führte

wollte ich nur Essen, sonst nichts.

Jetzt habe ich genug zu essen

und siehe da, mein Herz sehnt sich nach einem Fahrrad!

Heilige Schluchzer

Wann immer ich erhabene Poesie las, weinte ich

Wann immer ich große Musik hörte, weinte ich

Wann immer ich der personifizierten Menschlichkeit begegnete,

wimmerte ich

Nach so vielen Wehklagen

wie geheiligt ist mein Herz geworden!

Anstrengung - Wirkung

Wo eine Waffe vergraben ist
sprießt ein Baum aus Kugeln.
Streue Samen der Liebe
auf das Feld deines Herzens, mein Freund.
Zuneigung wächst im Überfluss

Das Mellowing

Er tobte wie ein wütender Stier
in den Straßen der Stadt.
Zu Hause angekommen
grüßten die Kinder herzlich
Sofort schmolz sein steinernes Herz
wie Eis geschmolzen!

Das Kernstück der Ware

Worte sind nur äußere Hüllen
 in der Poesie
Gewiss, kämpfen sollten wir für sie.
Aber nichts ist wichtiger als
der Kernbestandteil

Keine Poesie kann keimen
in einem ausgetrockneten Herzen

Verärgerung

Die Sprache als Faden

Ich fädelte Worte auf, machte Girlanden aus Gedichten

Sie wurden zu duftenden Zeilen

Aber Worte, die nicht gut passten

wurden zu zischenden Sätzen

und sprangen auf, um mich zu beißen

Versuch - Ergebnis

Süße Noten werden abgesondert
nur wenn Bambus verwundet wird
Die Samen geben ihr Öl ab
nur, wenn sie zerschlagen werden

Strenge Arbeit
ist für gute Ergebnisse erforderlich

Schutzabdeckung

Wenn man ihm ein Kompliment macht
lächelt er nur
Wenn du ihn kritisierst
lächelt er nur
Wenn Sie ihn beschimpfen
lächelt er einfach
Wenn Sie ihn schlagen
lächelt er nur

Ein Lächeln war das starke Korsett
das sein inneres Selbst schützte
vor Blumensträußen und Ziegelsteinen

Wahrnehmung

Süße *Ragas* können nicht von
Flöten aus Gold
Rosenblüten können nicht nützlich sein
zum Kochen eines Currys

Monetäre Werte
beeinträchtigen die Wahrnehmung des Menschen

Ungleichheit

Dies ist eine Welt der Ungleichheiten

Hier wird ein großer Fisch, der einen kleineren Fisch verschlingt

wird selbst von einem noch größeren Fisch verschlungen

Genauso wird ein großer Mensch

von einem Größeren überlistet

Jeder muss sich anstrengen,

sich in Etappen vorwärts bewegen

und versuchen, den Himmel zu berühren

Tarnung

Ein Ozean sieht ruhig aus
 aber vielleicht verbergen sich dahinter
Vulkane;
 Manche Menschen sehen unbeirrt aus
 aber in ihrem Inneren platzen Bomben

 Kein Messgerät ist da
 der messen kann
 innere Verwüstung

Fluch - Segen

Wenn das Leben vom Lohn abhängt
vom Lohn abhängt, ist es eine Tragödie
Stärkung durch Zuneigung
und nicht durch Wohlstand
ist der wahre Wohlstand

Abweichung

Das Herz schreitet auf einem Fußweg
während das Gehirn auf Wolken reist

Eines ist großartig
Das andere ist gut

Wohnungen - ihre Rolle

Wenn man lange im eigenen Haus bleibt
fühlt man sich wie auf einem Bauernhof
Aber, unfähig, dort zu bleiben
will nach Hause kommen

Die Poesie ist für mich das eigene Haus
während die Übersetzung ein Bauernhaus ist

Aber in letzter Zeit
haben sie ihre Rollen getauscht

Unterscheidung

Ein Vogel, der durch die Luft fliegt, ist nicht groß

denn er hat Flügel

Ein Drachen, der am Firmament schwebt

ist auch nicht großartig

denn er hat eine Schnur befestigt

Ein Knallkörper, der in den Himmel schießt

ist auch nicht toll

denn er hat Schießpulver in sich

Ein Flugzeug, das hoch oben fliegt

ist auch kein Wunder

denn es tut dies mit der Kraft des Treibstoffs

Aber die Phantasie eines Dichters

die den Himmel berührt, ist wahrlich groß

Denn ohne Hilfe ist sie

um das Kunststück zu vollbringen

Das Glück der vierzig Augenzwinkern

    Ich versuchte, auf einer weichen Matratze zu schlafen

        in einem klimatisierten Zimmer zu schlafen, was mir nicht gelang.

        Eifersucht ist das, was mir geblieben ist

        als ich die armen Leute sah

        die wie Baumstämme auf dem harten Boden schliefen

Der große Zerstörer

Nichts ist so zerstörerisch wie eine Zunge

Ein einziger Satz

kann in manchem Herzen Verwüstung anrichten

Eine Äußerung genügt

um Aufruhr zu verursachen

Unterschiedliche Einschätzungen

    Wenn ich Indien sehe, das Amerika betreten hat

    bin ich sehr erfreut
    Aber wenn ich Amerika sehe
    das Indien infiltriert hat
    fühle ich Wehmut

    Das eine ist ein Zeichen unseres Mutes
    während das andere
    unsere Kultur in den Ruin treibt

Glück der Harmonie

Herabwürdigung ein Substantiv
ein Adjektiv, das sich rühmt:
"Deine Förderung liegt nur in mir"
Das Substantiv tauchte unter
kehrte jahrelang nicht zurück
Das Adjektiv saß mürrisch
und grübelte:
"Nur mit einem Substantiv habe ich Ruhm
Nur mit einem Substantiv habe ich Integrität"

Die Macht des Ortes

Acht Ziffern standen in einer Reihe
links von der Ziffer eins
Letztere verhöhnte die Nullen:
"Nur in mir liegt eure Existenz.
Ohne mich ist euer Wert unbedeutend"
Die Ziffern diskutierten
und sind von links nach rechts gewandert
Jetzt,
hat man nichts mehr
als ein langes Gesicht zu werden

Erfahrung - Konsequenz

Ein Artikel wurde an eine Zeitschrift geschickt
zur Begutachtung und Veröffentlichung
Die Zeitschrift hat ihn nicht gedruckt
lange in der Schwebe gehalten
Wäre der Artikel bei seinem Schöpfer geblieben
hätte er täglich Aufmerksamkeit erhalten
Er lag lange Zeit unbeachtet herum
kam er nach vielen Monaten zurück
Sein Schöpfer beklagte sich
Er kümmerte sich jeden Tag um ihn
Der Artikel begann zu glänzen
weigerte sich aber, zu einer neuen Zeitschrift zu gehen

Der Vorteil des Altseins

Ich, der keinen Passworttest bestehen kann

träumte von alten Zeiten ohne Passwörter

In jenen alten Zeiten

gab es viele Passierscheine und nur wenige Fehlschläge

Brillanz - Verharmlosung

Ein dicker Buchdeckel
spricht immer abschätzig
über eine innere Seite
Aber die innere Seite kann enthalten
tiefgründigen Inhalt
Der Glitzer des Buchdeckels
ist oberflächlicher Flitterglanz

Oberflächlicher Glanz

Ein Krönchen lachte spöttisch über Schuhe

Aber in Wirklichkeit hat das Krönchen keinen großen Nutzen

Schuhe sind sehr nützlich, nicht wahr?

Eminenz

Es ist wahr

dass ein Bus schneller ist als ein Fußgänger

ein Zug schneller als ein Bus, ein Flugzeug schneller als ein Zug

und ein Raumschiff schneller als ein Flugzeug.

Aber es ist nur ein Fußgänger

der sich fortbewegen kann, ohne

unmittelbaren Bedarf an Treibstoff

Feuchtigkeit wirkt das Wunder

    Tiefsinnige Poesie kann nicht geboren werden

        ohne Nieselregen im Herzen

    Ein glühender Busen kann nicht feucht werden

        mit Worten, die nicht feucht sind

Facebook - Ein echter Aufhänger

Wenn Sie einmal vom Facebook-Virus befallen sind,

wird Ihr Gehirn krank werden.

Man kommt nicht einmal einen Tag lang zur Ruhe,

Die Ruhe des Gehirns wird immer in der Bucht sein.

Geradlinige Scharfschützen

Manche Leute sagen wütend
Wut ist in der Tat sehr schlecht!
Arme Kerle, sie sind blind
für ihren Fehler, das ist traurig.

Klassen

Einige sind Habenichtse, die nicht
(Tausende von Rupien investieren) in
                     Geschäft.

Einige andere investieren vielleicht Tausende von Dollars

können aber nicht einmal Hunderte zurückbekommen

Hype - Niedergang

Ich hielt mich für einen großen Dichter,
 ließ andere das Gleiche sagen.
 Vierzig Jahre später,
 geriet mein Name in Vergessenheit;
der eines anderen, der besser schrieb
besser schrieb, aber ruhig blieb
leuchtete hell.

Worte - Wert

Ich habe eine Schüssel mit Wörtern gesiebt,
wählte eine Handvoll davon
um ein Gedicht zu verfassen.
Das Gedicht kam gut an
Ich habe nicht weggeschmissen
die restlichen Wörter nicht weggeworfen.
Sie passten gut in ein Gedicht
das ich am nächsten Tag schrieb!

Kein Wort kann weggeworfen werden
für immer, vielleicht!

Poesie - Dichter

Poesie ist eine Girlande

aus bezaubernden Reflexionen

Ein Dichter führt Krieg

gegen unangenehme Gedanken

So verkörpert er

verkörpert die Schönheit

bei allen Gelegenheiten

Vorzeitiges Gedicht

    Ein poetischer Gedanke sollte weiter wachsen

        wie ein Fötus im Schoß einer Feder.

        Erst wenn er ausgewachsen ist

        sollte er zur Welt kommen.

        Babys, die vor der vollen Zeit geboren werden

        sind verfrüht und oft schwach

Der Geizhals

Ich mag diesen geizigen Dichter am meisten;

bin auch ein bisschen neidisch.

Er hat mehr Vorteile, wenn er weniger ausgibt

während ich mehr ausgebe und weniger gewinne

Warum sollten wir mehr ausgeben?

Die Worte, meine ich.

Kreis

Ich sehe die vierzehn Tage
von Licht und Dunkelheit,
sollten wir uns das
das wechselvolle Leben zu Herzen nehmen.
Der Schnee auf den Himalayas
sammelt sich im Winter
und schmilzt im Sommer

Encroachment

Auf die Mauer zugehen,
ein eingefleischter Politiker
eine Katze vertrieben.
Das Kätzchen fühlte sich schüchtern

Der Schmerz der Schwere

Es ist schwer, den Schmerz zu beschreiben
der Wolken, die nicht geregnet haben.
Diejenigen, die regneten, sind glücklich;
Die Schwere der anderen zu lindern
ist nicht so einfach, wie wir denken.

Heuhaufen

Ich bin müde
Auf der Suche nach einer Nadel
in diesem Heuhaufen.

Beängstigende, abstoßende Bilder,
Kurze Fäden, die Einzeilern ähneln,
Trockene Kokosnüsse ohne Wasser im Inneren -
All das hat sich in diesem Heuhaufen angesammelt
Erschweren die Suche

Und doch habe ich keine Lust aufzuhören.
Eine schwache Hoffnung, dass die Nadel
vielleicht gefunden wird!

***

Das Zeitalter der Fesseln

Die unsichtbare Hand, die den
inneren Instinkt mit einer Leine bindet
beunruhigt den Geist sehr.

Fesseln der Themenwahl für Dichter,
die Fesseln des Glaubens für geistreiche Denker,
die der Bigotterie für die Männer der Reife...

Ich muss meine Fesseln sprengen

Wann werden gute Zeiten kommen?
Wann werden die Menschen frei von Fesseln sein?

***

Müdigkeit

Ich, der ich in der heißen Sonne unterwegs bin
eines Nachmittags außerhalb der Stadt...

Hohe Toddy-Bäume sind da,
 aber wie viel Schatten können sie spenden?
Während ich keuchend und
schweißüberströmt war,
 lud mich ein kleiner Mangobaum liebevoll
ein.

Irgendeinen Tröster gibt es immer auf dieser
Welt

Er ruht sich im kühlen Schatten aus,
schaute ich zu den Toddy-Bäumen.

***

Externer Charme

Mit einer Steinmauer um sie herum,
zieht ein Brunnen die Schaulustigen an.

Glatter Zementboden, schöne Pflanzen
schmückten seine Umgebung.
Sein anmutiger Flaschenzug sorgt für Ekstase

Die Menschen strömen in Scharen
um den berühmten Brunnen zu sehen.

Aber der Brunnen ist schon lange ausgetrocknet!

***

Diskrepanz

Verschiedene Menschen haben
unterschiedliche Maßstäbe.
Selbst der Maßstab einer Person
kann sich mit der Zeit ändern.
Das Geheimnis zu lüften
von Maßstäben zu durchbrechen, ist eine
große Herausforderung.

Neue Wahrheit

Eine Maus zu fangen
einen Hügel zu graben ist keine Dummheit
wenn die gefangene Maus
außergewöhnlich, wenn auch winzig ist.

Defekt

Ich verwendete teilweise bekannte Wörter
In meinem Gedicht.
Ich kenne ihre Natur nicht vollständig.
Deshalb,
fehlte dem Gedicht das Gefühl

Probleme

Diskriminierung ist eine Schlange,
die Diskretion ein Frosch.
Der Frosch ist verärgert
wenn die Schlange gebeten wird zu beißen.
Die Schlange ist erzürnt
wenn sie aufgefordert wird, aufzugeben!

***

Apathie - Nachwirkung

Die Lässigkeit von Dhritarashtra
Vor der weinenden Draupadi
Ist die Saat des Waldbrandes,
der die Kauravas verbrennen würde.

Wurzeln des Charmes

Das Groteske verschwindet nicht
wenn der Spiegel verbannt wird.
Hübschheit sprießt nicht
im Boden ohne den Samen der Schönheit
selbst wenn man ihn gießt.

Der äußere Glanz

Auf einem Kopf sitzend,
 schaute ein Diadem auf ein Fußkettchen
 und kicherte.
 Beschämt verließ es das Haus
 und verströmte wunderbare musikalische Töne.

Die Krone tanzte dämonisch,
 schätzte die Beleidigung durch das Fußkettchen.
 Doch weder Musik noch Schönheit
 existierte in ihrem Taumel.

***

Über den Autor

Elanaaga

Elanaaga ist ein Pseudonym. Der eigentliche Name des Autors ist Dr. Surendra Nagaraju. Er ist Kinderarzt, widmet sich aber jetzt ganz dem kreativen Schreiben, dem Übersetzen, der Kritik usw. Bisher hat er 35 Bücher verfasst. Fünfzehn davon sind Originaltexte (hauptsächlich in Telugu), während 18 Übersetzungen sind. Von letzteren sind 8 aus dem Englischen ins Telugu und 10 in umgekehrter Richtung. Neben Gedichten und Übersetzungen schrieb er auch Bücher über die Angemessenheit der Sprache, klassische Musik usw. Er übertrug lateinamerikanische Geschichten, afrikanische Geschichten, Geschichten von Somerset Maugham, Weltgeschichten und so weiter.

www.ingramcontent.com/pod-product-compliance
Lightning Source LLC
LaVergne TN
LVHW041542070526
838199LV00046B/1797